RENÉ GHIL

ŒUVRE

A part de l'Œuvre :

LE PANTOUN DES PANTOUN.

LE PANTOUN DES PANTOUN

22460

ꦏꦶꦠꦴ ꦲꦴꦪꦸ

RENÉ GHIL

LE

PANTOUN DES PANTOUN

poème Jávanais

PARIS & BATAVIA

1902

I

Le pantoun dit :
           Par sud au droit de Sin'ghapour
par sept heures devant mon heure, au tour du temps...

Autour du monde où veille un rêve d'être ailleurs
quand des Yeux dorment, d'autres d'aurore ont pâli.

Par sept heures devant mon heure, au tour du temps
sonore vers les dagop' de Bourou-Boudhour :

Quand des Yeux dorment, d'autres d'aurore ont pâli
aussi doux que les riz tout mouillés de lueurs.

Sonore vers les dagop' de Bourou-Boudhour
il est une Ile en danse de gam'lang' tintants...

Aussi doux que les riz tout mouillés de lueurs
la terre dans le pli des Yeux a tressailli.

Il est une Ile en danse de gam'lang' tintants
mais on l'entend se lamenter d'âme d'amour :

La terre dans le pli des Yeux a tressailli
où ne peuvent mourir le Sourire et les Pleurs...

Mais on l'entend se lamenter d'âme d'amour
heurtant de gounoun'g en gounoun'g des gong' latents !

Où ne peuvent mourir le Sourire et les Pleurs
tes Yeux luiront dans le pantoun' qui n'a vieilli...

———

Aussi doux que les riz tout mouillés de lueurs
tes Yeux luiront dans le pantoun' qui n'a vieilli
ô toi ! ma Sœur-petite qui vers l'ouest t'en vins
danser, et des rites voulus osant détruire
le geste étroit et les signes qui te sont vains !
en une éternité du geste et du sourire
eus l'air, entre les pad'ma roses dont l'eau dort
(kali lan' gaïouh—aïo !)
d'être, quand aux soleils liquides l'instant pâme
(kali lan' gaïouh—aïo !)
d'être, vers le Touhan' doré de ta nuit d'or
l'Arrivante d'une prahou portant ton âme
qui de soi-même se délaisse, et rompt :
— « Karem' !... »

Heureux et lourds, à la manière maintenant

de l'anneau d'or, s'il est orné de son diamant :
tes Yeux luiront dans le pantoun qni n'a vieilli
ô toi, ma Sœur-petite qui t'en vins ! Rong'ghen'g
au menton plus suave que l'odeur d'aren'g
et dont les doigts parlants et l'orteil nu, pareils
à des rameaux qui languiraient de lourds soleils
et d'amour ! se meurent-long des mots qu'on ne peut
dire :
      mais dont les mains, les trop humaines mains
ad'ouh ! — se replièrent d'un mal doux au nœud
d'angoisse de ta poitrine ! quand, sans demains
tu vis d'un désert agrandi, petite-Sœur
le dernier soir de l'ouest te prendre en sa stupeur :
ad'ouh ! — ad'i...

Et tu partis,
      la petite Rong'ghen'g qui va
puisque sur le tong'tong' le destin tape l'heure :
Dans les waulau de songe où le matshan' demeure
les paons aimés s'envolent si le tigre est là...

Java des monts trop sourds !
      ghedé poulo dYauwau
où sous les paons la ramure du tek, très-haut

telle que teinte de l'aurore de vapeurs
du rond léwoun'g — après l'orage, quand d'odeurs
que meurtrit de grands heurts le goun'tour haut et âpre
en les gouttes de l'air sent le soleil nouveau !...
où sous les paons la ramure du tek, dïapre
de leur torpeur splendide le temps pur :

         dYauwau !
dont les monts pèsent sur mon haleine, et dont l'être
tarissant en arômes ses sangs d'or, pénètre
d'un esprit d'errements mes deux tempes sonnant
ainsi que va, dans le ghen'dang' qui maintenant
s'est tû, — an'darodog' — durer un cœur :

         dYauwau !
plus nostalgique aux lèvres que sessess' d'amantes
et dont le tû sanglot de volupté, très-haut
en les gorges alangouries des gîtantes
tekoukour, au haut des pinang' roule-doux ! O
toi ! mais mes dents ont-elles mordu pour en vivre
aux sèves de la plante ghen'dié — qui rend ivre !...

II

Elle partit...
   D'un peu de moquerie, aux Yeux
qui sans savoir la regardaient et qui ne surent
rien de plus, — tandis qu'en sourd harou-hara, durent
les soirs universels dont s'alluma Paris !
rong'ghen'g qui des rong'gheng n'eut que le geste appris
que nouaient-dénouaient ses doigts tant langoureux :
elle partit,
   la petite Rong'ghen'g qu'emporte
le grand navire-api trouant le grand retour !

En un rêve de pierre et de lumière morte
plein l'horizon Paris resta, — sonore et gourd...

Et tout devint hïer et devint nuit : win'ghi —
wen'ghi !... Et, sans dorer le pli lent-alangui
de ses lèvres qu'un goût d'amertume et d'awou
très-mauvement meurtrit, passa Port-Saïd — d'où
viennent les touhan'-saïd dont la gaîté, ploie
et déploie en mille mots les kaïn' de soie
et qui vous vendent des slen'dang' à trame d'or
à Batavia... Et rouge, Aden passa.

                                        Mais, monte
sur le pont, en allongeant ta tête qui dort
tu ne sais plus de quelle nostalgie ! et, prompte
vers les mains tendres des trois Autres, tes sœurs — ha !
tressaillante d'un grand réveil, dis Sin'ghala
dont la terre paraît luire de lune, et mange
l'air et le soleil des Indes ! — vers Batavia...

Et, dans le tour du temps qui n'eut plus rien d'étrange
les heures désirèrent ! et, aux pointes d'or
de ses lèvres arquant un sourire qui sort
du vent-mêlé-de-pluie — ah ! omah kou nghen'di !
devant la proue en sauts l'aigu retour tendit...

Les grands tonnerres gutturaux parlaient pareils
à des lïons, vers Sin'ghapour... Lourd des soleils
et des vapeurs qui des terres aux grains torrides
germent et remontaient en lumières livides

le vent de l'ouest pleuvait sur le onzième mois
sur ses palmiers et sur le large où vont d'émois
entre-heurtés, les nus poissons-volants qu'avivent
les airs d'orages !

Battant des mains sur le pont :
toutes quatre, Rong'ghen'g d'exil à qui répond
la mer natale en les Mille-îles ! sur le pont
elles mangeaient les arômes qui leur arrivent
de dYauwau, — et leur rire en même temps pleurait :
tant, de wo-wohan' entre leurs dents se mourait
le goût de la maison et du Passar, — et du
passar !... Mais au loin des kam'pong',
                                        criant : Bouwah !
criant : Roti ! du doigt levé ne dirais-tu
que du toukang' qui vend les doux-manger, s'en va
la hâte ! — et ne dis-tu que tu l'as entendu...

L'air orageux avait une saveur de lait
et d'ail, qu'ont les vertes dourèn à peau d'épines.

De Soumatra — le vent que poissent les résines
au haut de leurs poignets énervés enroulait

des anneaux tièdes dont se meure d'aises nues
la volupté de leurs épaules ingénues
que polirent les nuits de lune qui renaît
et grandit l'être des ketapan' — qui paraît
aux kam'pong', endormir les demeures voisines...

Du vent-mêlé-de-vapeur-d'eau les grains de pluie
germaient dans le soleil qui dans les gouttes luit :
L'air humide était vert d'une lueur languie
autour de ta torsade de très-lisse nuit.

L'on allait en la mer de dYauwau, au tangage
d'une moiteur de vie où l'être errant sourit :

On eût dit que dormait d'âme molle au visage
ton haleine de kapour rose, et de sirih.

D'une moiteur de vie où l'être errant sourit
les îles paraissaient venir de lente nage :

Ton haleine de kapour rose, et de sirih
se mangeait de soleil ainsi qu'un vain nuage...

Et — de ghelang' trop lourds qui s'ouvrent! terminé
le grand exil en Iroupa :
                              ren'dah gounoun'g
tin'gghi harap'! — des Monts plus éternels au goût
qu'un sourd poison dont on ne mourut pas
                                       traînèrent —

qui du néant des eaux et du temps seul, est né !
un lointain naître de vapeurs qui tinrent tout
l'horizon, — d'allongé rampement de doumoun'g...

D'azur violet les monts venaient, et limitèrent
le retour qui riait et pleurait aux mains nues
des rong'ghen'g retrouvant tout dYawa, — et tendues
ainsi que vers des noix du ketapan', derrière
la maison !.... Lourdement s'énervait la lumière
d'après-midi, de nuages tels qu'insolites
d'errer en de trop haut azur stagnant : la mer
qui s'en allait languide et d'or, mortellement —
était en vent de rêve des voiles petites
sur les sam'pan' et les prahou du loin de l'air...

Devant Tan'diong'-Priok' — au repos de leurs hâtes
les vapeurs d'Iroupa suaient à sourd ahan
quand gluaient les hauts mâts tels qu'huileux d'aromates

Du mouvement pesant, et vide et vain — entrait
et sortait en glissant dans les rousses salures :
où les ediong'-Tshina rondissaient leurs nervures
l'on eût dit des dragons que leur ire ventrait
en déplissant les ailes de leur dos ! et l'air
épaississait vers l'est une âme vïolâtre
dont tournaient les arômes putrides....

                                        Pâmant
du large vers le rivage de l'est, saumâtre
et vénéneux, l'air vivait à morne tourment
et pullulait sous les mangliers noirs....

                                        Là-haut
ainsi qu'à sept têtes de pierre, le Naga !
le lointain des gounoun'g étendu sur dYauwau
d'un mutisme divin surmontait Batavia !

———————

Les sons à voix de perkoutout' du ghen'der, non !
il ne m'en souvient plus sans qu'ils t'appellent là :
mais Batavia, — que doux elle en disait le nom
ta voix qui dans les sons se long-souvient ! — Yia....

———————

III

Mauvaises de ne pouvoir sourire...
Mauvaises de ne pouvoir pleurer
comme moi !

       plus lentes à tirer
leurs aiguilles qui moins que leur dire
trouveraient mon sang langui : les Filles
en retroussant leurs lèvres qui piquent
leurs lèvres à deux pointes d'aiguilles !
m'ont dit...

           Faisant des doigts qui s'appliquent
à long-ourler les sarong', les Filles
sous l'em'per qui garde de soleil
et de pluie, assises-doux — les Filles
du kam'pong' tandis que leur orteil
remuait d'or, m'ont dit :

                  « Mais, tu sais...
celui doré-de-nuit pour qui seul tu dansais
dans ton Paris — ainsi qu'en son kraton', devant

un doux et triste Soussounan' dont en rêvant
les Yeux t'ont dit — ad'ouh ! ad'i — les Yeux t'ont dit :
ma Sœur !... Le temps passé se vide et s'agrandit
autour de nous, ainsi que lorsque des ang'kloun'g
se sont éteints les sons vides et doux, et vides !...
Quand une à une les perles de ton kaloun'g
s'en vont, voilà tarir des larmes vite arides :

sais-tu si maintenant, il se souvient ! tu sais...
le Touhan' de tes Yeux pour qui seul tu dansais
et dont est triste et doux de toi, le songe... Sais-
tu ! »

> Mais elles n'ont pas dans mon sourire
> mis de tristesse...
> Mais elles n'ont pas dans ma tristesse
> mis de douleur...

D'où viennent sans qu'on les voie aller, les sangsues :
vers les rivières elles viennent des sawa.
D'où vient l'amour par des routes que tu n'as sues :
il vient des Yeux, et dans le sang des veines va !

Mais elles n'ont pas dans mon sourire
mis de tristesse...
Mais elles n'ont pas dans ma tristesse
mis de douleur...

Quand le koutshin'g en miaulant, s'étire
et saute ! quand en sursaut se dresse
et s'égosille l'aurore haute
aux kokok', — et que le matin vert
(sassat' tshlèrèt', kedep' !)
eut un tressaillement de paupière
dont gémirent et l'eau rousse et l'air
et sur les toits, la gorge légère
des tekoukour :
                quand le kam'pong' saute
de sa natte, et qu'à deux poings il ôte
de ses Yeux le sommeil :
                        d'une hâte
de tshe-tshak' que le soleil poursuit !
sous mon sarong'tout pendant de nuit
mes pieds nus à la porte — ont été...

Et — dès la porte au matin vert, et rouge où sont
les hauts pinang', de haut sur les pan'dan' : qui vont

et viennent et s'en vont au loin de leur regret
mais d'ailes d'oiseaux sur les eaux, ont palpité !
mes Yeux que le Touhan' a pris, mes Yeux l'ont vu
qui lentement dans le matin — me sourïait...

qui lentement dans le matin — me sourïait :
mais de ses Yeux aussi pâlis, que s'il pleurait !...

Et, pour l'eau du kopi quand retourne du puits
ma mère, Mama qui rit s'arrête à me dire :
Ainsi qu'on ne te vit sourire, mais à quoi
souris-tu !

Et, quand ma mère en mes genoux me donne à moi
à moudre le kopi (mais, que voudrait son dire
s'être tû !)
Mama-tier qui ne sait, m'a dit aussi : Depuis
qu'en regardant au loin tu pleures, mais de quoi
pleures-tu ?

D'où viennent sans qu'on les voie aller, les sangsues :
vers les rivières elles viennent des sawa.
D'où vient l'amour par des routes que tu n'as sues :
il vient des Yeux, et dans le sang des veines va.

Vers les rivières elles viennent des sawa
et des êtres vivants aspirent la mort lente.
Il vient des Yeux, et dans le sang des veines va :
et le sang, il le mange de langueur mourante...

———

Dans la saison de pluie à heurts d'eaux lourdes, goutte
de ses poussières la ramure en dYawa, — lourd...

Le temps passé se vide et s'agrandit autour
de nous, ainsi que lorsque des ang'kloun'g
(Ecoute...)
se sont en tout, éteints les sons vides et doux.
Mais il s'amasse de regrets au loin de nous
aussi plein d'âmes en angoisse d'air trop sourd
qu'un orage dont on a mal, et qui ne tonne :

et notre vie est là ! qui s'oppresse et s'étonne
et que meut éternel un désir alangui
pareille en rêves à la plante keman'ghi
qui d'elle-même et lentement remue...
Ecoute !

———

IV

Brune et dorée au vent deratshana...

                                   Ecoute...
c'était Fête — hïer, dans Batavia : les kam'pong'
s'étiraient de dormir après manger, et gaies
les voix qui se répondent par la vieille route
de sous les pan'dialin'g au long de l'eau, avaient
le heurt léger et doux de l'oiseau qui sautille
dans les rameaux du tek.

———————————

Haut et haut, sans mourir ni se poser
dans les rameaux du tek l'oiseau sautille :
Sans te dire ma plainte et sans oser
mon amour te poursuit ! ô vive Fille...

———————————

                            Des prahou, la Flotille
dont on n'entend mesurer le temps qui se gîte
aux amas roses des pad'ma qu'elles levaient...
(kali lan' gaïouh — aïo !)
dont on n'entend mesurer le temps, les pagaies :

aux repos des deux rives s'amarrait, petite
de tous ses toits petits et roux — en vide suite...

Dans les kali de moiteur qui dormit, — du haut
du soleil qui t'endort ton âme et vivant d'eau
entre les îles des roseaux noirs, envasaient
leurs lourdeurs de lumière à vertes nuits l'azur
dont stagne la longueur des palmes, luisant dur !
et les ramures multipliant — en dYauwau...

Mangeant leurs dents et roulant de l'œil, les wauwau
aux lïanes pendus guettaient vers les kam'pong'
l'appel aigu des vendeurs qui vendent, toukang'
aux pieds pressés ! les doux-manger et les pissang'
et les mang'ghiss' — qu'on goûte en regret alenti
de la langue :
                    toukang' Bouwah ! toukang'Roti !...

A lourds torrents sur Buitenzorg — il pleut peut-être :
mais le goun'tour se tait pour Batavia.
                                        Ecoute !
et toi, et tes sœurs du kam'pong' dans vos sarong'
entravant de pudeurs vos pas étroits, pareilles

dans vos sarong' que l'on dirait de kaïn' roux
tout en ailes des très-grands koupou ! avez-vous —
et des pâleurs de kenan'ga à vos oreilles
et vous tenant de doigts tressés, — passé par là
et puis par là, delà des ponts
                                        dans Batavia !

Eux qui tous nus, dansent de leurs petites vies !
les Petits — que tu le veuilles, que tu ne veuilles !
longtemps à taquiner vos pas, vous ont suivies
de leurs gang'gong' aux sons de laler en les airs :
mais ils ont mieux aimé rïant aux serpents-verts
guetter les daoun'-gourita, guetter les Feuilles
qui-ont-des pieds : gan'ti-gan'ti...

En tous les kampong', qui au maïn'-tshong'kak passent
le temps,— vont les vendeurs de tout qui ne se lassent :
on entendait tout le temps leurs kloun'toun'g, et pleines
de soleil, les voix sans salives ni haleines
criant : Bouwah ! Bouwah — Roti !

                                        Mais l'avez-vous
trouvé — par là : où, de rouges kokok'! luttaient
en la poussière en sang de leur plume et heurtaient
leurs ergots, les aïam'-dian'tan'! — mais l'avez-vous
trouvé derrière ses lunettes rondes, doux
et dansant versant aux verres le tsin'tshao :
le vieux Tshinau à l'ongle long, le vieux Tshinau

qui dit la grande guerre où les démons parurent
sur toutes les marines d'Iroupa, mais n'eurent
que le temps de reprendre la mer ! — qui, le soir
dans les vides de leur ramure n'osant voir
les visages de terre des an'tou, allume
au pied des warin'ghin' d'où la terreur s'exhume
les rouges hioss' dont la senteur qui monte droite
plaît aux esprits des Morts rôdant dans la nuit moite...

———————

De pas égal et mou qui de l'orteil appuie
entre leurs arrosoirs semant les grains de pluie
sans trève les siram'-dialan' dans la lumière
galopaient, et mangeaient le soleil de poussière.

———————

Mais toi ! de ton sarong' gardant ta nuit, qui sors
en nuits d'épaules — que de toïa-mass', des ors
mouillèrent de lueur lisse et pure : ô Dorée !
es-tu dans le passant quartier-Tshina, entrée
en les waroun'g où sont pliés les kaïn', — et
veux-tu mettre les ronds ghelang' à ton poignet
et près de tes oreilles les an'tin'g-an'tin'g
qui dansent de musique de klin'tin'g :

                                        Ecoute...

Mais lorsque le k'rèta-api quittait la gare —
d'appel strident vers Buitenzorg ! très-lasse toute
sur la route de Kali-Barou, heurtes-tu
(sassat' ghelap' — kediep' !)
au grand irradiement de la vitre du phare
heurtes-tu, qui très-doux te plains d'un mal aigu !
tes paupières plus palpitantes que le ventre
d'un petit oiseau...

Mais parmi les palmiers, sous
les torpeurs d'épaisseurs vertes suant des goûts
de vie et de poivres et d'eaux trop molles, entre
tant de langueur dont s'envasaient les roux sommeils
des vieux sam'pan' et des prahou en suite inerte
devers Tandiong'-Priok' :
de t'en sentir déserte !
ouvris-tu tes lèvres à la mer, ses soleils
et ses mâts, et ses voiles si loin qu'à les suivre
l'œil à travers des pleurs sort du temps ! — ses soleils
qui mettent de pleine âme dans la gorge, un mal
dont le sanglot âpre et latent ne se délivre
qu'au gong' élargissant sa douleur de métal !

V

Jamais est en travers du monde,
et désormais
c'est là ainsi que de gounoun'g l'horizon sourd
que ne surmontera d'un grand heurt de poukssour
le soleil du passé qui se survit derrière !

Ren'dah gounoun'g—tin'gghi harap' !... Il est mal dit :
et la montagne est haute et l'espoir est petit...

Fumant au papier de riz, un rokoh
(permets
à mon regard levé de te dire : mon Frère !)
un des rokoh d'odeur dorée et portant loin
mon âme, que longtemps tu m'as donnés : vois-moi
qui mets dormir tout mon visage sur mon poing
assise sous l'em'per de la omah, — quand erre
le venir de la nuit gîtante, autour du toit.

———————

Autour des îles les poissons-volants
s'ils sautent, ont lui du sel de la mer :
Hélas ! les souvenirs sortis du temps
ont du temps qui les prit le goût amer...

———————

Yiau...
c'était Fête — hïer, dans Batavia. Tout en haut
de la mer, et ses soleils qui sont dans ma tête
ainsi qu'un resplendissement de regrets ! ah
tout en haut de mes Yeux en détresse, il monta
des voiles et des mâts, et des ailes plissées
au dos de rêve de dragons, d'ediong'-Tshina :

et, trouant l'horizon des lourdes traversées !
en roulis de sommeils qui sont pleins du départ
les vapeurs s'en allaient vers l'ouest — où va trop tard
la lumière d'aurore entr'ouvrant mes pensées...

Le murmure du vent roulé — soumarouwoun'g —
du vent roulé parmi les plantes, parle-doux.

Mais la nuit, le vent-mêlé-de-pluie à grands trous
d'eaux, a tapé dans les plantes : ah ! ma roumah
a tressailli dans son immense et sourd oumoun'g
ainsi qu'une âme d'homme qui ne peut reprendre
haleine ! et dans mes mains ouvertes l'air était
chaud, et sourd...

        Et mes doigts eussent voulu s'étendre !
et, ngoun'ggout'-toun'ggout' ! et gémir à doux hoquet
le retroussis aigu de mes lèvres arides...

Et mes Yeux, qui de tous les soirs d'ouest se sont tûs
ont revu les vapeurs au loin de soleils vides :
les vapeurs d'Iroupa qui ne m'emportent plus !

Le murmure du vent roulé — soumarouwoun'g —
du vent roulé parmi les plantes, tarde et dort.

Mon repos est pareil au lent germe dian'toun'g
d'où naît la grappe des pissang' à lunes d'or.

Le vent s'endort dans les rameaux du ketapan' :
un tendre oiseau qui veut attendre en lui, l'aurore.

Vers ma mère goûtant des dents le riz ketan'
le noir sourire de mes paupières, se dore...

VI

Fleur en venir de pleur, sanglot du cœur :
                                    dian'toun'g
ati !... O ma sœur du kam'pong' qui n'as été
des rong'ghen'g que le geste hier appris, un été
d'Iroupa ! — la montée éternelle d'un être
dans mon être ivre de larmes, a lamenté
sur les monts de dYauwau le dire que : peut-être !
le rite de tes mains qui roulent et déroulent
les longs et souples selen'dang', et ton pas sourd
de Serim'pi tapé par le ghen'dang' ! peut-être
m'ont éveillé des temps de poison qui me soûlent
assis au sit'-in'gghil de mon kraton' dont, lourd —
tonnerait l'air aux pleins soleils de gong' !
                                    dien'ggour !...

Mais ils n'auraient osé parler vers moi, tes Yeux
dont l'âme de lumière noire, mollement —
même si tu souris languit d'un gisement
d'eau de larmes ! ô Près-du-cœur....

                              Non, que tes Yeux
cœurs des padma vers moi naissants, disent : mon Frère !
et que d'un long sourire, tu sus seulement
en mon visage voir des regards d'ailleurs, — pour
les nuits et les ors qu'il gardait, et la poussière
dont les sommeils très-saints devant Bourou-Boudhour
ensevelirent ses doux orgueils :
                              comme si
tu m'avais retrouvé qui mordais, l'œil perdu
vers les eaux, de doux arômes du melati —
et très-lent, reposais sur mon kriss' l'angle du
coude....

————————

Le temps de pluie en dYawa, a grossi
l'œil de l'eau d'où sort la rivière grosse :
Le lit des larmes s'élargit aussi
alors que le trop-plein de l'âme hausse.

L'œil de l'eau d'où sort la rivière grosse
inonde au loin la dessa, et la troue :
Alors que le trop-plein de l'âme hausse
autour de vivre la douleur se noue !

————————

Froid, — c'est Paris...

          Tu le sus qu'à Paris, les hommes
s'en allaient vite, ainsi que l'on s'énerverait
d'errer des pas de nuit dont on ne sortirait !
et qu'ils vont au travers d'entassements de pierre
qu'on voit noirs à travers l'eau d'hiver et que, l'une
sur l'autre, tu sus leurs maisons d'air dont les sommes
tiennent et mangent tout l'horizon !

                        et si loin
et si haut, en tuant les plantes de la terre !
que nul ne sait l'instant de vapeur rouge où point
l'aurore aveugle du soleil et de la lune.

Froid, — c'est Paris...

          Mais sais-tu leur misère aux durs
Yeux que leurs paupières ne mouillent, et leur hâte
à donner de la tête aux angles de leurs murs
en suivant vers la nuit leur âme inassouvie
de Demains ! et l'angoisse de leur nuque plate
à quêter les venir d'une éternelle envie :

quand, derrière eux qui roulent — sadinau-dinau —
de tous les anneaux d'or dont ils perdent leur vie
ils ne trouvent aussi que le dernier anneau !....

Ah ! m'en aller vers les soleils dont on s'endort !...

Tous les noms qui sentent le poivre, noirs et d'or
et trouant de poissons-volants l'heure muette :
tous les noms roulent et tanguèrent dans ma tête
des navires qui vont vers Batavia !... Ah ! m'en
aller ! ainsi qu'entrant en des temps revenus
quand ma salive se rougit du sirih : m'en
aller aux soleils hauts sur les pinang' ! — les nus
soleils de l'étendue au haut du mouvement
mort en durée !....

En ma mémoire où tout le temps
ngouïouhouïou — où tout le temps me sont tintants
les sons pressés, d'or aux gam'lang' ! l'un après l'autre
de hauts vapeurs s'en vont dont pas un n'est le nôtre.

Oh ! que les nuits doivent être odorantes, où
s'ouvrent sur leurs tiges les sedep'-malem', — où
c'est là !...
                    Et, tout aussi vaguement qu'aux prahou
(marin'g kowé — kowé Aïou !...)
qu'aux prahou seules sur la rivière, où l'air goutte !
qu'il serait doux de s'endormir de dYauwau : où

s'ouvrent sur leurs tiges les sedep'-malem', — route
odorante au vol humide des lourds koupou....

En ma mémoire où tout le temps — ngouïouhouïou —
tout le temps tintent les gam'lang'! l'un après l'autre
de hauts vapeurs s'en vont dont pas un n'est le nôtre :

meuglant de leur sirène en mon horizon las
tous les vapeurs s'en vont qui ne m'emportent pas !

VII

Mauvaises de ne pouvoir sourire...
Mauvaises de ne pouvoir pleurer
comme moi !
           au tshermin' où se mire
leur lèvre qui ne sait pas aimer
le vent où l'on a mis vivre, hélas !
les mots qu'on pense trop, et souvent :

au tshermin' de la rivière au vent
de lianes de soleil, en lavant
et en tordant les linges — les Filles
l'œil en dessous, m'ont dit :

                    « Mais, tu sais....
celui doré-de-nuit pour qui seul tu dansais
en tes mois de Paris ! mais : Diaou di mata....

mais : Diaou di ati ! — Et depuis que monta
la muante sassi dans les nuits, qui ne sait
que les hommes ont dix mille âmes, et qu'il n'est
que leur esprit léger qui ne soit pas nouveau :
et tout à l'ouest, aussi moqueurs que dans d'Yauwau
lali-lali ! ne sais-tu pas qu'eux aussi, disent
en laissant se rouiller le regret qu'ils n'aiguisent :
Loin des Yeux — loin du cœur !... »

    Au tshermin' vert de la rivière, où
    mesure le temps, lent aux pagaies
    (kali lan' gaïouh — aïo !)
    l'en aller aux tshoup'-tshoup', des prahou :

    au tshermin' vert des eaux qui sont gaies
    de nos épaules d'or mouillé, non !
    ne se sont ternis mes Yeux, et n'ont
    de pleurs, rondi l'eau du miroir....

———————

                      Mais
    c'est le temps de la mong'sa, d'un tour
    de tête d'assou rouges qui saute
    et haletante, vient de timour :
    quand se heurtent le vent des goun'tour
    et leurs livides nuits, aux sommets
    du Salak et du Ghedé !

Quand saute
d'or — nghilat'! le grand vent des goun'tour
qui vous tient d'âme muette et haute :
mes Yeux n'ont pu dormir, où tressaille
le heurt de nuit qui rompt, — de poukssour !

Dans la ventée à toute nuit, toute
de gogodon'gan'! la pluie avait
des sons de kriss' aux peaux de ghen'dang' :
mais de toute eau, tout l'oumoun'g — assaille
le toit d'atep' de la roumah ! et
au travers de la pagher, la route
de ses torrents emportait la terre....

Vers l'horizon de l'ouest les pinang'
ont plié. — Mes Yeux n'ont pu dormir
ni les mots de ma tête, se taire....

Au-dessus de ma tête, mes mains
nouaient et dénouaient des demains
qui tardent : mes Yeux n'ont pu dormir
et tout mon être eût voulu gémir
ainsi que plaignent les tekoukour
sur le toit ! et ma poitrine était
en attente longtemps, du retour
de mon haleine et de ma vie : et
peut-être, — quelqu'un allait venir
qui s'en vient en le heurt des pouk'ssour !

———————

VIII

Oui, la vague est la vague et de l'eau est de l'eau :
les vouloirs où se meut notre impuissant sanglot
sont des vouloirs, hélas ! et la vie est la vie....
Mais laissons en le son des angkloun'g, qui rend ivre
du mal trop doux de ne pouvoir pleurer ! plutôt
laissons d'images d'éveillé rêve — se suivre
nos matins souriants de tromper notre envie
des soirs trop éternels que nous ne devons vivre !

———————

Ya P'rak-ati !...
        Les airs dont les néants se massent
énormément, et leur azur torpide et mort
où paraissent des vols être passés, qui passent !
dans l'âme du temps allumé — katar-katar —
attisent de titillements à kelip' d'or

les eaux plates où l'on dirait qu'il est trop tard
des kali, et la ramure des kenari
couvant de sève rousse Batavia !

                              Il dort
tandis que tout s'aveugle en l'or des tsham'paka
un arôme latent de lait et d'ail meurtri —
et de suaves putridités, ainsi qu'à
pointes de poison de torves kriss' — exhalées
dans la senteur de miel amer et de piment
dont à pantèlements de lumière, nûment
s'évanouït en grand mourir, dYawa !
                              dYawa !
sur les mains planes et de soupir ondulées
de ses rong'ghen'g de qui l'âme s'énerve, et va
pareille au vol de rêve des kin'tshoun'g, — tandis
que sur les tshelem'poun'g de tous doigts assourdis
naît et meurt largement le son d'ondes mêlées...

Sœur-petite...
              c'est en suivant de l'œil le vol
de trémulant métal au-dessus de kali
des kin'tshoun'g longues sur leurs quatre ailes, que l'on
aspire à lèvres d'air le rêve le plus long
qui dorme au cœur :

        c'est (tourout'kan' ati : mati !...)
c'est quand tu tords de pleuvants kaïn' — que d'un mol
et plein heurt en ta poitrine étroite, sentant
qu'en transe où tu te meurs de sourire alenti
tu suis ton cœur :
        que sentant ta mort, que sentant
ta vie agiter l'air et le soleil, autant
que les rossan' au vent de l'eau ! tu diras qu'entre
dans Tandiong'-Priok : de tous vapeurs et tout ventre
d'ediong' ! tous sam'pan' et prahou, — le seul Vapeur
qui m'apporte des ouest travaillant leur stupeur !...

Ma terre goutte en senteurs de soleil :
ma terre est trop petite à tant d'amour !

Voilà que d'ors agitent mon orteil
mes attentes trop vives en l'entour.

Ma terre est trop petite à tant d'amour
et les papillons volent vers la mer.

Mes attentes trop vives en l'entour
dispersent en désirs mon geste ouvert !

A la limite des quartiers,
                        où les Polices
ouvrent des Yeux derrière les tshang'ga à dents
— mata-mata ! et l'air au ventre, sont pendants
les tong'tong' à taper au loin des sommeils lisses
le grandissant tressaut des heures, et — audiau !
avertir du Malais qui soudain a vu noir
et soûl d'opium et de touhak, tourne à poing haut
dans le quartier des touhan'-putih ! et par sauts
court amok, — à poing de serpe :

à la limite des quartiers, — les vives Filles
dont les sarong' groupant un tourment de savoir
ont le léger émoi qui vit dans les roseaux !
de m'entendre te demander, à leurs aiguilles
se sont piqué les doigts :
                        toutes, d'un seul : lahé !
à tressaillir si hautement, se sont piquées...

Venu d'un mouvement d'eau noire, de semout'
aux tiges des rossan', et — sihioutasihiout' —
d'un venir de vent doux en les plantes musquées :
tout le soupir de leur surprise s'est levé....
Mais, doutant de leurs oreilles et des musiques

de leurs an'tin'g-an'tin'g qui très doux s'énervaient
de ton nom répété ! mais, elles n'en pouvaient
croire non plus, leurs Yeux :
                              le Touhan' est venu !

Ainsi qu'il eût de doigts extrêmes retenu
le vol des selen'dang' dont à gestes pudiques
elle nouait et dénouait sa danse : vers
Une, née à dYawa et vers les soleils verts
de sa torsade, — le Touhan' doux est venu !...

Mais des sarong'
                  comme sortant, d'épaules nues
et en suspens un temps d'haleines plus ténues —
de quoi s'étonnent les étroites Roro !... Hors
de la gaine des sarong' ramagés, et d'ors
qui s'éteindraient en des poussières rousses d'ailes
de koupou, — de quoi s'étonnent-elles ! entre elles :

quand la vague est entrée en tout l'or du rivage
qui dira qu'on les peut séparer, s'il est sage !...

IX

— « Karem' !... »
                  — Oui. Et t'évanouïssant de ton âme
comme hïer tu n'es plus que le sanglot d'un mot
qui dans l'humide mort de tes dents, monte et pâme !

Mais sous la tiède pluie où tes Yeux noirs se noient
ainsi que l'œil des eaux dont l'âme grossit trop :
les ors de ton visage à larges pleurs, sont du
soleil qui revient ! et, pleines d'un mal vivant
que l'on dirait l'angoisse d'un oiseau perdu
que voilà, tes mains ne meurent qu'en s'énervant
de se sentir trop petites, — qui se reploient
vers tout ton cœur !

Ma Sœur-petite, ô Près-du-cœur !
c'est là la vie à plumes tendres du Bonheur
dont en tes paumes s'alourdit l'émoi transi :
lui qui mourrait si tu le serrais trop, et si
tu veux le moins étreindre au doux nid qu'il agite
s'envolerait peut-être en laissant noir le gîte !...

Froid, — c'était Paris :
et, de poussière qui meut
wah ! que l'oiseau léger luttait dans la torpeur
entre tes vaines mains ! tes trop humaines mains
— ad'ouh ! qui d'un mal doux se repliaient au nœud
de ta poitrine où l'air manquait, quand sans demains
tu vis d'un désert agrandi d'âpre lenteur
le dernier soir de l'ouest te prendre en sa stupeur
— ad'ouh ! ad'i — et quand ta vie aux dents, pâma.

Mais en pétales qui rondissent, des pad'ma

qu'entr'ouvre la vertu lourde de dYauwau, vois
que tes mains et les miennes, en mêlant leurs doigts !
vers de sereines nuits de ronde pournama
le gardent étourdi d'arômes : maintenant
que nous entrons tous deux en le sentier tournant
qui mène à ton rêvé kam'pong' — et ta omah !

————————

X

Oui : tu le vois —
     le touhan' et ton Frère-aîné
qui s'est miré dans les kali de Batavia...

Ma hâte n'est entrée à « l'Hôtel de dYawa »
que le temps de tremper au gel papillonné
des eaux pures, et les hagardes lassitudes
des mi-sommeils exagérant les amplitudes
du roulis, et l'odeur d'un soleil dans des huiles
et des goudrons, en sueurs moites — où les Iles
engluaient des senteurs de vertige à tours lents :

mais ton épaule étroite en ma main, qui très-doux

qui de grappes du melati, tourne au dedans
des mille petites-ailes autour de nous
pulsantes d'or : oh ! sens, qu'au meilleur lieu du sort
l'instant innuméré dans les lïanes dort !...

De leurs deux mains devant les Yeux, eux tous et toutes
me saluant aux traverses d'or roux de routes
qui sont des nuits d'airs pullulants, girant au tas
de rameaux sourds, — ô Dorée ! ne veux-tu pas
leur dire qu'elles sont mes sœurs, et qu'ils vont être
mes amis de sourire en le soir dragonné
des vapeurs du soleil qui dans sa mort pénètre !
et qu'il eût voulu vivre et qu'il eût voulu naître
parmi dYawa, le touhan' et ton Frère-aîné
qui vient vers ta omah !

... Mais sous l'em'per, dis-tu —
c'est là ta Mère et ton Bapa, qui le long d'eux
vers la terre tournent en sourïant leurs paumes
pareilles à des oiseaux qui vont monter : tû
dans l'émoi de leur cœur,
que simple est leur sourire —
ainsi que des pad'ma dorment dans leurs arômes !

Devant l'em'per de la roumah, ils ont tous deux
l'émerveillement d'or aux Yeux, d'entendre dire
une histoire qui ne peut être vraie ! — et dans
le ventement des ketapan' que l'heure allonge
et tandis que s'avivent les tisons ardents
sous le dapor de terre rouge,
                                    que leur songe
couve d'amour ta tête que dYawa étreint
depuis qu'un soir pareil, elle revint ! — revint
à sanglots lourds de l'ouest peser en leur poitrine
où tout, moins se trop souvenir ! tout se termine...

De vide vie, et tam'pau-wilang'an'
les papillons sont mangés de torpeur.

Sila tang'an', — wah ! tshelaka tang'an' :
les mains sur les genoux, sont de malheur !

Les papillons sont mangés de torpeur
et vers la mer, d'airs et d'ors disparaissent :

Les mains sur les genoux, sont de malheur
n'attendant plus que les vents doux renaissent...

XI

Ecoute....
        Est-ce la lune d'hier qui diminue
ou la lune de ses soirs noirs neuve-venue —
qui d'une image de prahou qu'on taillerait
d'un quartier de la noix kelapa, tranquille et
creusement vogue aux vapeurs d'azur ?

                                    Ma vie est
dans la vie, ainsi qu'en tes mains à nuit latente
ton menton lisse, l'on dirait d'huile odorante....

Ecoute :
        le touhan', ne sait de Batavia
que les routes d'aurore au vent des tsham'paka
pleuvant l'eau d'or de tous leurs ors, et que les routes
du rond soleil mourant énorme, à rouges gouttes
des rameaux pourpres ! qui mènent où tu m'attends

montré de loin par les Petits, — d'où tu me tends
tes mains très-longues à demain : vers ta roumah
où le vol tendre des perkoutout', s'entr'aima !

Fumantes de la nuit aux grains ouverts,
                                        la terre
et les kali aux îles de roseaux, remuent
et tournent de vapeurs des riz en les sawa...
Sous les voix hautes des wauwau qui tumultuent
et le vertige en slen'dang' des oiseaux, qui va
vers le matin ! le touhan' en mangeant dYawa
a, de la tête en les rotan' — agité toute
de sons d'angkloun'g au heurt d'une main étrangère
l'eau de lueurs de la grande rosée :
                                        Ecoute !...

Il a tourné les routes des soleils verts, sous
les gouwah d'airs et d'être en levain, des ramées
dont tous les trous de mort ont des plantes germées
ainsi qu'en palpes gouttant-vert d'animaux mous
et, en arômes — qui suaient des atmosphères
de poisons sourds !
                        Et sous les lianes en rivières
qui deviendraient arides d'or, par les pan'dan'
gouttant leurs tiges vers la terre, et les nipah
où le soleil pétille en doigts sur des ghen'dang' :
aux routes vïolettes des mousses, il a

suivi des senteurs d'eaux et de poivre, et les rives
de tes kali — où n'est-il pas....
                                    (Fais attention
ma Sœur-petite ! en tapant l'eau de vos mains vives !)
où n'est-il pas tout-à-l'heure apparu, des dos
à dur koulit'-kaïou, de poïo — dont la gueule
couperait mieux que ton koutèn' !

                              ... Fais attention
quand tu t'en vas vers l'eau de verte tentation !

Tu sais qu'il en est de diouloun'g, de sang et d'os
voués à la mort par la dent et l'ongle ! Et, tout
en rïant d'être ivre sur tes s'lop', heurt toquant
qu'à nœud d'or retient ton orteil, — ne va pas seule
vers les soleils liquides du padoussan' ! quand
vos épaules et vos seins nus ont des pad'ma
la nage qui tressaille aux ondes des prahou
passant au vol de vos tshoup'-tshoup' —
                              ô Koussouma...

L'œil du matin allongeait la lumière, ainsi
que sous le heurt — le gong', de son âme grossi !

———————————

Ecoute :
        c'est un soir de nouveau, rouge et mauve
au travers du soupir de d'Yauwau lasse et sauve

du poids de la torpeur dans sa ramure ! Il est
des pas dans la poussière des senteurs épaisses
qui vont être la nuit dont mouille les mollesses
sur nos tempes, le vent silir. — Oui, s'il te plaît
du lent et doux palpitement de tes paupières
battre d'or mon oreille,

à mon épaule appuie
ton menton plus poli que les nuits des premières
lunes ! — tandis que sous l'air lourd des ketapan'
tandis que mêle du néant et de la vie
la danse des laron' en le soleil tari...

Mangeant notre salive rose de sirih
et dans l'aller du temps qui vient de ton sourire !
l'un près de l'autre assis au soir des ketapan'
et des pinang' aux pennes d'oiseaux rêvés, mais —
tendre et tie-tier, ne me disais-tu pas : « Permets
à ta sœur dont t'éventent les Yeux, de te dire
toutes manières de manger le riz ketan'
qu'en ton honneur, moi-même ai doré du kounir
couleur de lune à son venir ! »...

... Le vent silir
traînant l'âme de miel et de poivre des plantes —
aux moiteurs de ma tempe a mouillé les arômes

qui s'alourdissent des lïanes, tressaillantes
du va-et-vient des singes noirs qui haut ulule
la peur de tout !...
                    Et des walan'-kaïou, stridule
tandis que des ren'ghit' meurt la danse d'atomes !
la vie en nuit emplissant l'air de sonnaille, — et
rentrent les aïam'-aïam' dont l'ongle, grattait
la terre humide d'où se tordent les tshatshin'g :
toutes les poules rentrent aux kan'dang'....

                              Plus doux
que la nuit de noudioum' dont le vent luit sur nous !
quand miaulent-pertéha sous l'emper, les koutshin'g :
il est des pas qui s'en reviennent. De partout
dans la moiteur qui sent la terre, et le madou
dont gluaient les vols d'or des tawôn' ! par les routes
d'où l'air poussait en nuit de sève, il pleut des gouttes
sur le vieux rêve des sampan' et des prahou :

il est, de Batavia — des pas en hâtes vers
les kam'pong' : nus et plats, et poudreux et déserts...

Et sous le grimpement de tes nus petits-Frères
c'est ton Bapa !...
                   Firent-ils, las d'être aux rivières
un petit peuple s'égouttant de soleils d'eau !
d'un tour de main loin déroulé, trouer la terre

aux pointes pivotantes des gang'sin'g, et — haut
de toutes lèvres résonner les gang'gong', tout
en traquant les serpents-verts sous les rossan' ?...

Où
passe tous les soirs quand il rentre, le Bapa
de qui le dos, de lassitude se trempa :
les Petits sont allés de doux rire l'attendre
qui respire longtemps leur tête et leur voix tendre !

———

Le tourment altéré des lamout' résonnant
en dedans — monte et meurt, et dans l'allant-venant
ventement mou de ton tipass' tourne et grossit
du son vert des gang'gong' aux lèvres de tantôt
des tout-Petits... Sous la lune qui luit ainsi
qu'en la moisson des riz l'anni-anni,

c'est l'heure
cependant, aux lueurs lourdes des palita
d'où meurent les koupou de nuit, à vain res-saut !
d'aller manger le riz du soir, où s'exalta
le goût aigu de l'ail qui germe, du trassi :
mais, aussi ! le mets où entrent et le ketan'
et la noix kelapa que l'on râpe, et l'or noir
et pierreux à la dent de ton goula-dYawa...

Mais le tas, vert et rouge et doré ! des dourian'

des pissang'-mass' et des lang'sep', et des mang'ghiss'
si doux que tu riras de ton plaisir ! viens voir
le tas que m'a vendu le gai toukan'g qui va
crïant : Bouwah ! — ô toi si près-du-cœur,
                                    que pleure
ton Ami, — comme d'un peu de sang sous un kriss !
à regarder tes paupières dormir, de haut
dormantes sur le souris latent de ton âme :
sur le souris de dedans toi oui très-loin pâme —
que dans la nuit de pierres de Bourou-Boudhour
ont aussi, parlant par les padma de dYauwau !
les Serim'pi qu'étreint l'air éternel, autour...

————————

Autour de la roumah, d'un vol de songe —
des lôwô, ont tourné les glissers mous...
Dans la nuit qui dorantes, les prolonge
mes paupières palpitent un air doux !

Des lôwô, ont tourné les glissers mous
qui dans la nuit sont de la nuit qui plisse.
Mes paupières palpitent un air doux
autour de mon Ami, qui s'en languisse !

Qui dans la nuit sont de la nuit qui plisse
du tshelem'poun'g l'on dirait les sons longs :
Autour de mon Ami, qui s'en languisse !
mon slen'dang' étreint d'amour ses talons...

Du tshelem'poun'g l'on dirait les sons longs
dans les voix des kong'-kang', et des kod'ok :
Mon slen'dang' étreint d'amour ses talons
sortis des routes de Tandiong'-Priok...

Dans les voix des kong'kang' et des kod'ok
un gam'lang' d'or, tinte d'amour gémi !
Sortis des routes de Tandiong'-Priok
mais les vaisseaux de l'ouest n'ont mon Ami !

Un gam'lang' d'or tinte d'amour gémi
où s'alentit ma danse de rong'ghen'g :
Mais les vaisseaux de l'ouest n'ont mon Ami —
que mes mains ont doré d'odeur d'aren'g !...

XII

Fervente et moite,
                    et palpitante des œils d'eau
dont point et vit le remuement d'ardeurs en trop
d'humide éternité qui ne peut d'astres et
d'astres, se tarir ! toute la nuit-d'en-haut est
en suspens d'immensité liquide.

                              Ah ! qu'a-t-elle
ma gorge, à s'étrangler ainsi ! mais à mollir
qu'ont-ils, mes pas de plus d'angoisse qu'à venir
du loin des mains, un tout-Petit !... Et me dis-tu
que sur la terre et dans les plantes où s'est tû
le vent, toute la dïaprure qui pantèle —
de vers-luisants s'est allumée !... Et sur nos têtes —
avivant le néant des détresses muettes
de pensers morts avant que d'être ! me dis-tu
que des laler-api il est l'ardent transport

ou vient-il de mes Yeux, le millier de traits d'or
et d'azur, qui dans l'air glissent ! — et de la vie
va-t-elle se vider, ma tête qui dévie
et tourne en un aller de dessaisi moment :
ma tête, dans un vertige de dïamant !...

Non — ad'i !... Non, mon âme a trouvé son passage
et ma poitrine ne rompt pas ! puisque mes Yeux
sont pleins de larmes...

           Ya kang'-Mass ! toi, du visage
de la nuit de noudioum' sourïant des paupières !
donne tes mains plus souples que l'eau des rivières
et viens, lents et tie-tier devant l'em'per — tous deux
nous asseoir en disant que m'aimera dYawa...

D'airs d'odeurs, et s'titik à s'titik alenti
du haut des puretés le temps d'étoiles, goutte :

Mouillant entre elles des senteurs du melati
ma tempe est sur ta tempe étroite, et la tient toute.

Du haut des puretés le temps d'étoiles, goutte
d'une eau dont la lumière noire est dans tes Yeux...

Ma tempe est sur ta tempe étroite et la tient toute
et l'on entend le sang de nos sangs, être heureux :
                    Ecoute !...

Pas encore....

        pas encore, — mais tout à l'heure
quand nous aurons longtemps dit les mots de dYawa
tu t'en iras dormir ta nuit à Batavia :
ô toi, qui ne veux pas qu'en tes mains se prosterne
ma tête, de toi plus lourde qu'une moisson
de nuit-suave des sedep'-malem' !... Demeure
et laisse moi te dire seule, si vient l'heure
d'appeler de par là ton porteur de lanterne
qui devant lui montre les routes d'eaux où sont
à voix de poukoul' d'or de gam'lang', les kong'-kang'
et les kod'ok ! et qui parle aux assauts, partout —
qu'à têtes de sommeils hantés, qu'à tête ilang'
derrière les pagher sautent-haut les gahou —
gahou !...

Sois de ta Sœur-petite, le Supplié !...
                   Fume
dans l'air tout résonnant des lamot', et allume
de ton rokoh — le mien en le papier de riz
dont l'odeur, tu t'en es souvenu de Paris !
dont l'odeur est dorée et porte loin mon âme

aux temps dont mon sourire noir languit et pâme
où tu devins l'Ami de mon attente !

                        ... Un soir
à l'heure de quatre heures ta tendresse, plus
tendre que n'est le vent silir doux à mouvoir
la poussière des soleils mauves sur le toit !
à tout petits tapotements des doigts menus
ngoutshelloutshel' — aima mon menton, que te voir
tend ainsi qu'en plaisir de tekoukour ! vers toi....

D'où viennent sans qu'on les voie aller, les sangues :
vers les rivières elles viennent des sawa.
D'où vient l'amour par des routes que tu n'as sues :
il vient des Yeux, et dans le sang des veines va.

Vers les rivières elles viennent des sawa
et des êtres vivants aspirent la mort lente.
Il vient des Yeux, et dans le sang des veines va :
et le sang, il le mange de langueur mourante...

XIII

Il saute à sons d'or, de partout! tels qu'aux gam'lang'...
(kaïou lan' gonisso — ngouïouhouïou !)
il saute à sons d'or, de partout! et des kong'-kang'
et des kod'ok, des voix à langues d'eau.... Partout
sous les plantes du noir la terre multiplie
de tout le peuple dont la peur qui vague, lie
le ventre à pas qui trottent, des satou-satou —
tandis qu'ulule le darèss, à pleine nuit !

Dans le luisant monter des vapeurs, qui mollit
d'un moite amas dormant d'haleines,
        les kam'pong'
n'entendent pas les heures heurtant aux tong'-tong' :
dans les roumah, les tshe-tshak grimpent et dans l'air
sonore et sourd de sang du grand nuage ouvert
des lamout', — dardent leur langue qui les tarit....

Il saute à sons d'or, de partout ! tels qu'aux gam'lang'...
(kaïou lan' gongsso — ngouïouhouïou !)
il saute à sons d'or, de partout ! et des kong'-kang'
et des kod'ok, des voix à langues d'eau :

                                        Encore
permets-moi, de ton sourire qui tient mon sort !
permets que ta sœur de dYawa soit la Ron'gghen'g
qui de danser devant ton seul plaisir, s'honore :
ô toi, qui suis mes doigts dorés d'huile d'aren'g
d'un sourire qui sort des larmes !...

                                    Dessous l'or
de pissang' presque mûre qu' est la demi-lune
quand tout dort : aux vapeurs de la nuit opportune
où le pli de mes Yeux vivement se dessille !
parmi les sons lent-assourdis du tshelem'poun'g
disant des heurts d'éparse angoisse, au cœur :

                                        la Fille
dont le slen'dang' sur les mains tendues
tressaille d'un vol plat de kin'tshoun'g
sur les eaux de midi ! de la porte —
de la porte et de l'em'per, — s'en vient...

D'un arrêt de kin'tshoun'g qui se tient
en ses quatre ailes aux étendues
de la lumière d'or, sur l'eau morte :

dans la nuit sourde du tshelem'poun'g
éteint de tous les doigts, elle tend
l'œil aux vents qui parlent et retrousse
l'orteil, — et de la paume repousse
la terreur au saut noir et latent !

Dans la nuit sourde du tshelem'poun'g
dont tressaille au poignet le ghelang' !
ainsi qu'en miel qui goutte, vola
l'essaim d'or des tawôn' ! le slen'dang'
autour des mains s'énerve :
                                        et, voilà —
plus suave que le vent silir
et de son pas orgueilleux d'emplir
les pas du temps ! l'Amant qui ne dort
dont le kriss, pend en un gon'dar d'or...

———

... Ton âme du doux son des soulin'g
meurt ainsi qu'au vent, les pan'dialin'g :

Mais n'as-tu, sans que torde de doute
ton slen'dang', — n'as-tu dit sans regrets
que la nuit qui serait à moi toute !
la nuit qui monte, tu m'aimerais....

———

Dans la nuit sourde du tshelem'poun'g
mourant longtemps ses ondes (kaïou
lan' gongsso — ngouïouhouïou !)

                    tout
agité d'un tourment de kin'tshoun'g
qui sent l'orage, le selen'dang'
autour de mon poignet aux ghelang'
se dénoue et se noue en heurt mou :

Mais il a pris ma main, et tressé
à mes doigts ses doigts dont les lïanes
n'ont l'amour — et, l'orteil retroussé
nous allons d'envergures très-planes
d'oiseaux de lunes aux ailes rousses...

Ma mort en languissant
aux ailes de kin'tshoun'g :

en heurts de tout mon sang
s'entend le tshelem'poun'g !...

La route de l'amour est de mousses
où ne s'entend le doute : kaïou
lan' gongsso — ngouïouhouïou !...

                    Où
cœur trop mou tu n'irais pas, l'amour
te mène d'un pas léger et lourd

et te glisse des doigts — ton slen'dang !

———

Des semout' noires aux tiges des rossan' verts...
De l'eau de rose, plein l'em'per et la maison...
Si la passion d'amour entre en mes Yeux ouverts :
de ton sourire seul me vient la guérison !

———

Mais, — d'un vent dont tanguent les ediong'
sur la mer toute en vagues : dien'ggour !

Mais, — d'un vent dont tanguent les ediong'
sur la mer toute en vagues pon'tang' !
à ma poitrine le heurt du gong'
a tonné sa détresse : et, — va-t-en !
toi, qui m'entoures en palpitant
d'un vol lent-endormeur de lôwô !...

Dans la nuit sourde du tshelem'poun'g
mesurant d'ondes aux nœuds très-lourds
le retour des talons, durs et sourds !
en demi-lune du ken'déwo
ma lèvre à pointes d'or se retrousse —
et s'irrite en tressauts de kin'tshoun'g
mon slen'dang' à doigts roides tourné :

car la Rong'ghen'g s'en va,
                              qui pour son Frère-aîné
a dansé le waïang' parmi la nuit qui pousse...

XIV

Mais où es-tu ?... Veux-tu dans la nuit noire, rire
ainsi que les petits de qui l'haleine expire
qui derrière les warin'ghin' s'amusent à
pin'g-ilang' par tout le kam'pong', s'amusent à
se perdre !... Alors que vont mes Yeux — mata-mata —
oh ! où es-tu ! que la lueur de ton rokoh
ne te trahisse, et que transisse mon cœur...

Oh !
ce n'était pas vrai ! — et vous toutes, ô les Filles
aux dires retroussés à deux pointes d'aiguilles
dites-moi pauvre de moi-même et de lui ! — Filles
dont les pitiés au pli des Yeux ont tressailli

levez de mes genoux mes mains de grands malheurs
depuis que mon visage dans la nuit, est nu
de son regard :

     non, le Touhan' n'est pas venu !...

———

Aussi doux que les riz tout mouillés de lueurs :
où ne peuvent mourir le Sourire et les Pleurs
tes Yeux luiront dans le pantoun' qui n'a vieilli !

Tends-moi tes mains, ô toi ! ma Sœur-petite : si !
par l'aurore et la nuit le Touhan' est venu
puisqu'en oiseau dans ta poitrine, s'est grossi
ton cœur....

    Et demain — et demain, ô P'rak-ati !
aussi longtemps qu'en les gounoun'g, les gong'latents
lamenteront d'amour plaintive par dYawa !
sur le pont des navires de l'ouest, reviendra —
et par les routes des kali, se hâtera —
mon sourire plus entr'ouvert d'ors palpitants

à mesure que vient vers moi, du melati
mourant en grappes à tes oreilles, l'odeur
où ton âme se plaît : et, de molle tièdeur
ce sera,

        quand, ta vie amassée en tes Yeux !
mouillant entre elles des senteurs du melati
ma tempe est sur ta tempe étroite, et la tient toute...

Ma tempe est sur ta tempe étroite et la tient toute
et l'on entend le sang de nos sangs, être heureux :

                Ecoute...

tandis que les laïang'-laïang', vers Batavia
planent du rêve de ta vie : Ya Marïa !...

LEXIQUE

LEXIQUE.

Javanais, — du langage « ngoko » ou commun.

A. — HA.

AD'I. Petite-Sœur, ou petit-Frère. (Terme de tendresse.)

AD'OUH. Hélas !

AÏAM. Poule. — AÏAM DIAN'TAN' : « Poule mâle ». Coq.

AMOK. Furieux. Faire, courir (AMOK : sorte de transport qui peut s'emparer des Malais qui « voient noir » et alors, courent les rues avec une arme dont ils tuent les Européens).

AN'DARODOG'. Battre précipitamment, en parlant du cœur.

ANGKLOUN'G. Instrument de musique. Bambous de longueurs diverses donnant des notes de la gamme (cinq notes), et que l'on agite.

ANI-ANI. Faucille à couper le riz.

AN'TIN'G-AN'TIN'G. Pendants d'oreilles.

AN'TOU. Fantôme, esprit des morts qui revient.

API. Feu.

AREN'G. Palmier, l'arèquier.

HAROU-HARA (Malais). Tumulte. Foule tumultueuse.

ASSOU. Chien.

ATEP. Toit couvert de palmes du nipah.

ATI. Cœur.

AUDIAU. Mot qui implique conseil et défense : prends garde !

AWOU. Cendre.

B. —

BAPA. Père.

BOUROU-BOUDHOUR. Lieu de Java, où existent les ruines d'un temple merveilleux et énorme.

BOUWAH (Malais). Fruits.

D. —

DAGOP', DAGOPA. Sorte de petites coupoles creusées surmontant les temples.

DAOUN'-GOURITA (Malais). Insecte qui ressemble de tous points à une feuille. — « La Feuille-qui-marche ».

DAPOR. Fourneau en terre.

DARÈS. Hibou.

DESSA. Village, région.

DERATSHANA. Vent mêlé de pluie.

DOUMOUN'G. Serpent rampant.

DOURÈN', DOURIAN'. Fruit à peau épineuse.

Di. — (Représentant le son de la lettre J).

DYAWA, DYAUWAU. Java.

DIAN'TOUN'G. Bouton, cœur de la fleur du Bananier. — DIAN'TOUN'G ATI : Fleur du cœur (terme de tendresse).

DIAOU DI MATA, DIAOU DI ATI (Proverbe Malais). « Loin des Yeux, loin du cœur. »

DIEN'GGOUR. Son du gong.

DIOULOUN'G. Voué, destiné à être dévoré par le tigre ou le crocodile.

E. — (Le son de « e » est partout muet).

EDIONG', EDIONG'-TSHINA. Jonque Chinoise.

EM'PER. Espace, terrasse sur tout le devant de la maison et sous l'auvent incliné qui prolonge le toit.

G. — (Terminant les mots, le G se prononce à peine, mais rend sourd et nasal le son qui le précède).

GAHOU. Aboi du chien.

GAM'LANG'. Orchestre Javanais et Malais.

GANG'GONG. Flûte. Jouet d'enfant.

GANG'SIN'G. Toupie.

GAN'TI-GAN'TI. Successivement.

GHEDÉ. Grand. — GHEDÉ POULO DYAUWAU : « Grande île de Java ! »

GHELANG'. Bracelet.

GHELAP', GHILAP'. Eclair.

GHEN'DANG'. Sorte de tambourg long.

GHEN'DER. Instrument de musique qui se tape de petits marteaux. (Bois).

GHEN'DIÉ'. Plante enivrante.

GOGODON'GAN'. Feuillages, en général.

GON'DAR. Gaine du kriss.

GONG', EGONG'. Gong.

GOULA. Sucre. — GOULA DYAWA : sucre non raffiné.

GOUNOUN'G. Montagne, volcan.

GOUN'TOUR. Tonnerre.

GOUWAH. Caverne. Lieux sombres, sous feuillages.

I. —

ILANG. Perdu.

IOSS, HIOSS (mot Chinois). Bâtonnet d'odeur, rouge, que les Chinois mettent à se consumer au pied des waringhin (Figuiers), où ils enterrent souvent leurs morts.

IROUPA. L'Europe.

K. —

KAÏN. Tissus, en général.

KAÏOU. Bois. — KAÏOU LAN' GONISSO — NGOUÏOUHOUÏOU : « Bois et métal, tout le temps s'entendent les instruments du gam'lang' ».

KALI. Rivière. — KALI LAN' GAÏOU, AÏO : « Rivière et pagaies, allons ! »

KALOUN'G. Collier.

KAM'PONG'. Village.

KENAN'GA, KANAN'GA. Plante. Fleur très odorante.

KAN'DANG'. Loge à poules.

KANG'-MAS'. Qui est d'or ! Terme de tendresse.

KAPOUR. Chaux. (Avec la noix d'arek et la feuille du sirih, que l'on mâche).

KRÈTA-API, KARÈTA-API. Chemin de fer. — « Voiture à Feu ».

KATAR-KATAR. Etincellement d'un très grand feu.

KELAPA. Noix de coco.

KELIP'. Lueurs successives, scintillements.

KEMAN'GHI. Plante, dont remuent d'elles-mêmes toutes les feuilles.

KEN'DÉWÔ. Arc.

KENARI. Arbres, dont sont en grande partie, plantées les allées de Batavia.

KETAN'. Sorte de riz, de couleur rousse.

KETAPAN'. Arbre, respecté et considéré comme protecteur.

KOD'OK'. Grenouille, crapaud.

Kin'zhoun'g). Libellule.

KOKOK'. Chant du coq.

KOPI. Café.

KAHEM'. Heureuse par toi. Aimer. — Aimé, précieux.

KONG'-KANG'. Grenouille, crapaud.

KOULIT'. Peau. — KOULIT-KAÏOU : écorce.

KOUNIR. Safran. (Se mêle à divers mets).

KOUPOU. Papillon.

KOUSSOUMA. Fleur (langage supérieur).

KOUTÈN'. Ciseaux.

KOUTSHIN'G. Chat domestique.

KLIN'TIN'G. Instrument de musique avec sonnettes.

KLOUN'TOUN'G. Instrument d'appel dont se servent les colporteurs, surtout Chinois.

KRATON'. Palais du Soussounan'.

KRISS'. Le poignard Javanais.

L. —

LAHÉ. Cri de douleur, de surprise.

LAÏANG'-LAÏANG', LAÏANAN'G. Cerf-volant.

LALER. Mouche. — LALER-API : Mouches luisantes.

LALI. Oublier, oubli.

LAMOT', LAMOUT'. Moustique.

LANG'SEP'. Fruit.

LARON'. Moucheron.

LÉWOUN'G, ALÉWOUN'G. Arc-en-ciel.

LÔWÔ. Chauve-souris.

M. —

MAMA. Mère. — MAMA-TIER : mère chérie.

MADOU. Miel.

MAÏN-TSHONGKAK. Sorte de Jeu.

MANG'GHISS'. Fruit particulièrement délicieux.

MATA. OEil. — MATA-MATA : les Yeux. — La Police. (Malais).

MARIN'G KOWÉ — KOWÉ AÏOU : « Vers toi, toi, ô Jolie ».

MATSHAN'. Tigre.

MELATI. Fleur très-odorante. (Dont on se pare, et qu'on met aussi dans les vêtements).

MONG'SSA. La mousson.

N. —

NAGA. Dragon-volant. Serpent mythique, — heptacéphale.
NIPAH. Palmier nain.
NOUDIOUM'. Les astres.

NG. —

NGHILAT'. Faire des éclairs.
NGOUÏOUHOUÏOU. Jouer tout le temps du gam'lang'. Jeu continuel du gam'lang'.
NGOUN'GGOUT'-TOUN'GGOUT'. Gémir, se lamenter.
NGOUTSHELLOUTSHEL'. Flatter de la main au visage, caresser.

O. —

OMAH. Maison. — OMAH KOU NGHEN'DI : « Où est ma maison ? »

P. —

PADMA. Lotus rose, rouge.
PADOUSSAN'. Bain, endroit où l'on va à l'eau, à la rivière.
PAGHER. Palissade, enclosant la maison.
PALITA (Malais). Sorte de lampe suspendue.
PAN'DAN'. Plante : pandanus.
PANDIALIN'G. Rotins.
PANTOUN'. Forme la plus ancienne des poëmes Javanais et Malais.
PASSAR (Malais). Marché, Bazar.
PERAK-ATI, P'RAK-ATI. Près-du-cœur. (Terme de tendresse).
PERKOUTOUT'. Tourterelle.
PERTÉHA (Malais). Miauler. Miaulement.
PINANG'. Palmier, aréquier.
PING'-ILANG'. Jeu de cache-cache.
PISSANG', PISSANG'-MASS'. Banane, Banane d'or.
POÏO, POÏOU, BOÏO. Crocodile.
PON'TANG'. De toutes couleurs.
POUKOUL'. Frappement, coup de cloche.
POUK'SSOUR. Gong.
POURNAMA. La lune. (Langage supérieur).
PRAHOU. Barque Javanaise et Malaise, en général.

R. —

REN'DAH GOUNOUN'G, TIN'GGHI HARAP'. (Proverbe Malais) « Basse est la montagne, haut est l'espoir. »

REN'GHIT' (Malais). Moucheron.

ROKOH. Cigare, cigarette.

RONG'GHEN'G. Danseuse.

RORO. Jeune fille.

ROSSAN'. Bambou, toutes plantes à tiges noueuses.

ROTAN'. Rotin.

ROTI. Pain. Par extension : gâteaux, pâtisseries.

ROUMAH (Malais). Maison, dans le kam'pong'.

S. —

SADINAU-DINAU. Quotidiennement.

SALAK. Nom de montagne.

SAM'PAN'. Barque de pêche.

SARONG'. La robe Javanaise et Malaise.

SASSAT' TSHLÉRÈT', KEDEP'. — SASSAT' GHELAP' KEDIEP'. « De même qu'un éclair, clin d'œil ! »

SASSI. La lune, les mois.

SATO, SATOU. Toutes sortes d'animaux.

SAWA. Rizière.

SEDEP'-MALEM' (Malais). « Nuit-suave ». Fleur très odorante qui ne s'ouvre que le soir.

SEMOUT'. Fourmi.

SERIM'PI. Danseuses dans les kraton, près des princes. Danseuses sacrées.

SESSESS'. Haleine, souffle.

SIHIOUTASIHIOUT'. Souffle, murmure du vent.

SILA TAN'GAN', TSHELAKA TAN'GAN'. (Proverbe Malais). « Mains sur les genoux, mains de malheur. »

SILIR. Vent léger et frais.

SIN'GHALA. L'île de Ceylan.

SIRAM'-DIALAN'. Arroseurs des rues.

SIRIH. Feuilles à mâcher.

SIT-IN'GGHIL'. Haut siège, — où s'assoient les princes, les Soussounan'.

SLEN'DANG', SELEN'DANG'. Echarpe. Echarpes des danseuses.

S'LOP'. Sorte de socques hauts, des femmes et des enfants.

SOULIN'G. Flûte.

SOUMAROUWOUN'G. Murmure du vent léger et doux.

SOUSSOUNAN'. SOUSSOUHANAN'. Prince.

T. —

TAM'PAU-WILAN'GAN'. Sans nombre.

TAWÔN'. Abeille.

TEK, TEKA. Arbre, nommé aussi : diati.

TEKOUKOUR. Tourterelle.

TIMOUR. L'Est.

TIETIER. Tout près l'un de l'autre.

TIPASS'. Eventail.

TITIK. Gouttes, d'eau, etc. — S'TITIK', SATITIK' : une goutte.

TOÏA-MASS. Eaux d'or (langage supérieur).

TONG'TONG'. Instrument à taper les heures.

TOUHAK (Malais). Eau-de-vie.

TOUHAN'. Seigneur, monsieur. (Pour honorer). — TOUHAN-SAÏD : les Arabes. — TOUHAN'-PUTIH : Européen.

TOUKANG'. Marchand, colporteur. — TOUKANG BOUWAH, TOUKANG ROTI : Marchand de Fruits, Marchand de pâtisseries.

TOUROUT'KAN ATI : MATI. (Proverbe Malais). « Suivre son cœur : suivre la mort).

TRASSI. Poisson avancé et préparé, ou crevettes presque consumées, que l'on mêle au riz et autres mets.

OU (u). —

OUMOUN'G. Bruit sourd, murmure sourd.

OUPASS'. Poison végétal.

W. — Son de : OU, moins net.

WAH ! Ah !.. oh ! (de douleur).

WAÏANG'. Spectacle, de théâtre, de marionnettes, de danses.

WALAN'-KAÏOU. « Feuille-de-Bois. » Sorte de grillon.

WARIN'GHIN'. Figuier. (Voir le mot : hioss').

WAROUN'G. Boutique, magasin.

WEN'GHI. La nuit.

WIN'GHI. Hier.

WAULAU. Forêt.

WAUWAU. Sorte de singe.

WOH-WOHAN'. Fruits, en général.

Y. —

YA. O !...

YIA, YA, YIAU. Oui.

TSH. — Son de « tch », moins ouvert, dental.

TSHAM'PAKA. Arbuste fleuri. Jaune, très odorant.

TSHANG'GA. Fourche à dentelure, à pointes intérieures, pour saisir, arrêter un voleur, un criminel qui se sauve.

TSHATSHIN'G. Ver-de-terre.

TSHELEM'POUN'G. Sorte de très-grand violoncelle dont on pince les cordes à deux mains, tandis que les doigts étendus en nuancent les sons.

TSHLÈRÈT'. Eclair.

TSHERMIN'. Miroir.

TSHETSHAK'. Sorte de lézard des maisons.

TSHINA, TSHINAU. Chinois.

TSHIN'TSHAO (mot Chinois). Sorte de limonade.

TSHOUP'-TSHOUP'. Baisers.

A la page de titre : une Figure traditionnelle du théâtre de Marionnettes (anakau').

LE PANTOUN DES PANTOUN

Des presses
de E. GOUSSARD — imprimeur à Melle (Deux-Sèvres)

Imprimé en France
FROC031957250919
22251FR00013B/383/P